Werner Bandel

Aryanand

und die Krone des Lebens

© Copyright der deutschen Originalausgabe
Werner Bandel
Herausgeber: Franks Veda Shop & Verlag, Sundern

2. Auflage 2010

Illustrationen: Werner Bandel
Buchgestaltung: Feel Orange Design, Arnsberg
Druck: becker druck, F.W. Becker GmbH, Arnsberg
ISBN 978-3-930264-83-4

Dieses Märchen
ist niemandem
außer Dir gewidmet.

Von einem wandernden Weisen, wie sie hin und wieder aus den Bergen und Wäldern seiner Heimat oder aus fernen Ländern in die großen Städte kamen, um Worte der Weisheit unter die Menschen zu streuen oder dem König in schwierigen Zeiten ihren Rat und ihr Wissen zu Diensten zu stellen, hatte Aryanand vor vielen Jahren zum ersten Mal über die Krone des Lebens gehört.

Eines Tages war ein Fremder in der Stadt erschienen. Woher? Das wusste niemand zu sagen. Doch sein Erscheinen hatte allgemeines Aufsehen erregt. Er trug ein langes, fließendes Gewand aus kostbarem Material, wie es in der ganzen Stadt noch nie jemand gesehen hatte. Als Kopfbedeckung diente ihm ein mit goldenen Fäden durchwirkter Seidenschal, der kunstvoll geschlungen, über der Stirn von einem leuchtenden Edelstein zusammengehalten wurde. Ein schneeweißer Bart, der ihm ein höchst ehrwürdiges Aussehen verlieh, umrahmte sein erfülltes Gesicht und fiel ihm wallend bis über die Brust.

Das Auffälligste seiner Erscheinung jedoch war der offene Blick seiner freundlichen Augen, welche mit unergründlich tiefer Ruhe in der Farbe des Himmels strahlten.

ryanand traf ihn eines Abend, als er alleine durch die stillen Felder streifte. Der Fremde saß mit untergeschlagenen Beinen auf einem Hügel, zwischen den Wurzeln eines uralten Lindenbaumes. Seine Augen waren geschlossen, und die letzten Strahlen der sinkenden Sonne hatten seine würdevolle Gestalt mit golden schimmerndem Licht übergossen.

Unendlich tief schien die Ruhe, die von seinem Angesicht strahlte, und die gesamte Natur um ihn her schien vergessen zu atmen. Aryanand konnte seinen Blick einfach nicht von ihm wenden, und als der Fremde nach geraumer Zeit langsam die Augen aufschlug, war es, als ob das Gold der gerade hinter den Hügeln versunkenen Sonne ihm noch einmal aus diesen Augen entgegen strahlte, um ihn bis auf den Grund seines Herzens mit überirdischem Licht zu erfüllen.

Lächelnd lud der Fremde Aryanand ein, sich zu setzen, und dies war das erste Mal, dass er von der Krone des Lebens erfuhr. Wie ein prächtiges Geschmeide breitete der Weise seine Erzählung vor Aryanand aus.

Er sprach leise, in einfachen Worten, und seine Rede war ruhig und angenehm, wie das Murmeln des Wassers in den Quellen und Bächen oder das sanfte Raunen des Windes in den Kronen uralter Bäume.

Alles, was der Fremde erzählte, schien Aryanand schon irgendwoher bekannt und vertraut. Beglückt schloss er die Augen und er fühlte, wie jedes Wort des Erzählers eine mächtige Flut längst versunkener Bilder in seinem Innersten zu neuem Leben erweckte.

Als der Weise die fast wie ein Märchen klingende Erzählung beendet hatte, und der Strom uralter Erinnerungen in Aryanand zu verebben begann, wuchs das Glück, das er spürte, zu einem Ozean von Seligkeit. Sein Geist erstrahlte in einem Licht, das aus der Tiefe des Herzens kam und tauchte frei in die leuchtende Stille einer bis zur Ewigkeit reichenden inneren Wachheit.

Viel zu kurz, meinte Aryanand, sei die Erzählung des Weisen von der Krone des Lebens gewesen, und viel zu schnell – wie im Flug – sei die Zeit vergangen, doch als er langsam die Augen öffnete und um sich blickte, stand das leuchtende Silberschild des vollen Mondes schon hoch am sternenfunkelnden Himmel.

Zu seinem allergrößten Erstaunen jedoch, war der Erzähler der wunderbaren Geschichte verschwunden – wie vom Erdboden verschluckt!

Aber alles in seiner Umgebung erstrahlte in einem überirdischen Leuchten. Jedes Blatt, jeder Grashalm war von zartem, zauberhaft pulsierendem Licht übergossen, und

Aryanand wusste nicht, ob es die geheimnisvollen Strahlen des Mondes waren, die alles mit ihrem himmlischen Licht durchwirkten oder ob dieses schwebende Zauberlicht durch die Erzählung des Weisen in allen Dingen selbst entfacht worden war.

Gedankenverloren, doch von lichter Heiterkeit gänzlich erfüllt, begab er sich auf den Weg in die Stadt. Seine Füße schienen den Erdboden kaum zu berühren, und der nächtliche Tau, der in tausend winzigen Sternen auf jedem Grashalm im Mondeslicht glitzerte, schien unter seinen Schritten nicht einmal zu zittern.

Aryanand hoffte, den geheimnisvollen Weisen am folgenden Tag noch einmal wiederzusehen. Doch alles Suchen blieb vergebens. Niemand vermochte ihm Auskunft zu geben, wohin er verschwunden war. Die Wächter der neun alten Tore hatten ihn die Stadt nicht verlassen sehen, und von keinem der Händler, die Aryanand fragte, hatte er Proviant für eine Reise gekauft.

Von den meisten war er schon bald vergessen. Für Aryanand aber blieb die Erinnerung unauslöschlich lebendig. Des Nachts sah er sich oft, gemeinsam mit ihm, die lichtvollen Welten seiner Träume durcheilen. Auf der Suche nach der Krone des Lebens und jeder Tag, den er sich noch nicht im Besitz dieser Kostbarkeit fand, schien ihm verschwendet.

Dennoch war seit ihrem Treffen sein Alltag von einer wundervollen Leichtigkeit und Zuversicht lebhaft beseelt und beschwingt, und alles, was er erlebte und lernte erzeugte in ihm immer wieder neue Wellen von Glück.

Das Seltsamste war, dass immer mehr Menschen Aryanand von der Krone erzählten, und alle wussten sie Wunderbares von diesem unsagbar wertvollen Schatz zu berichten: Demjenigen, der die Krone des Lebens einmal gefunden, sei alle Macht der Natur zu Diensten. Er könne Wind, Wetter und Wolken gebieten, er könne die Sprache der Vögel und der Tiere des Waldes verstehen und, wer sie für immer in seinen Besitz genommen, dem schenke sie Reichtum, reines Wissen und immerwährendes Glück.

Diejenigen aber, von denen man sagte, dass sie die Krone des Lebens gefunden, wurden in den alten Geschichten und Sagen als die größten Herrscher und Weisen verehrt.

Die meisten Menschen jedoch, die er befragte, mochten sie noch so weit in der Welt herumgekommen sein oder bei hochberühmten Lehrern die Wissenschaften studiert haben, wussten vor allem zu berichten, wie schwierig es sei, die Krone des Lebens überhaupt einmal zu finden; und oft rankten sich geheimnisvolle Geschichten um all diejenigen, die das Abenteuer gewagt hatten, sie zu suchen.

Viele rieten ihm deshalb ab und meinten, es sei das Beste, die Krone rasch zu vergessen, anstatt dem Wunsch, sie womöglich selbst suchen zu wollen, ständig frische Nahrung zu geben.

Nur wenige Weise, die er in der Einsamkeit der Berge und Wälder aufgesucht hatte, sprachen ihm Mut zu: erzählten, wie einfach es sei, die Krone des Lebens zu gewinnen, und jeder, der sich unschuldig und beherzt aufmache, sie zu suchen, werde sie mühelos finden. Das Wissen jedoch, wo sie verborgen sei, hüteten diese Einsiedler als ihr größtes Geheimnis und wollten es ihm um keinen Preis in der Welt enthüllen.

Alle diese wundersamen Berichte, Sagen und Legenden webten sich wie ein geheimnisvoll schimmernder Schleier um die Krone des Lebens und ließen in ihm den Wunsch, sie eines Tages selbst zu suchen, immer stärker keimen und wachsen.

So gingen die Jahre ins Land, und in Aryanand wuchs dieser anfangs noch zarte Keim seines einzigen Wunsches zu einem mächtigen Baum.

Eines Nachts schien das helle Silberlicht des vollen Mondes besonders strahlend in Aryanands Zimmer. Sein Schlaf war licht – wie schwerelos – und er meinte nicht in seinem Bett, sondern schwebend in einem goldenen Lichtschein zu ruhen. Weit auf gingen in dieser Nacht die göttlichen Tore der Phantasie, und er fand sich in immer größere Höhen eines beglückenden Traumes gehoben.

Über einem gewaltigen Felsmassiv schwebte golden strahlend die Krone des Lebens, und ein endloser Zug von Menschen strebte zum Gipfel des höchsten Berges. Aryanand erkannte sich auch selbst unter den Scharen und als einer von zahllosen Pilgern betrat er die Felsenplattform über der sich funkelnd die Krone drehte.

Dann sah er sich losgelöst von der Menge, die Krone des Lebens in seinen Händen haltend. Unversehens begann er zu wachsen, wurde größer, größer und immer größer ...

Jetzt blitzte die Krone auf seinem Haupt, wie die leuchtende Sonne; und er wuchs weiter, wurde noch größer, wuchs hoch über die Sterne hinaus, bis er, wie eine Säule aus Licht, den unendlichen Weltenraum gänzlich durchdrang, und das gleißende Licht der Krone alle Himmelskörper wie Edelgestein gluterfüllt aufflammen ließ.

In seiner Rechten hielt Aryanand jetzt eine brennende Fackel, die er am Licht der Krone entzündet hatte und nun wirbelnd im Kreise zu drehen begann, bis ein feuriges Rad entstand. Ohne Ende flogen unzählige Funken und Feuerzungen aus der Fackel hervor und fielen als neue Sterne, neue Planeten und neue Welten in die unermessliche Tiefe des Alls.

Der leuchtende Raum war erfüllt vom Rauschen eines feurigen Regens, das anschwoll wie das Tosen der Brandung, wenn sie donnernd gegen die Felsen stürzt.

Wirbel der Fackel erzeugt hatte, in seinem eigenen Inneren fand. Der Feuerkranz drehte sich jetzt mitten in seinem Herzen; Schauer von Sternen flogen daraus hervor, und die zahllosen Welten des unermesslichen Alls tanzten im Licht seines inneren Selbst – wie Staubteilchen in einem Sonnenstrahl – ihren kosmischen Reigen.

Als er am frühen Morgen wunderbar erfrischt erwachte und die Bilder der Traumwelt zu verblassen begannen, wie das farbige Band eines Regenbogens, war sein Wunsch, die Krone des Lebens zu gewinnen, zum festen Entschluss gereift.

Noch ehe die Sonne ihr goldenes Rad ganz über den Horizont gerollt hatte, war Aryanand schon weit aus den engen Gassen und Mauern der Stadt hinaus. Sein Weg führte durch taufrische Wiesen, an den Windungen eines Baches entlang, in Richtung des hohen Buchenwaldes, in dem sich die Einsiedelei eines Weisen befand, den er schon oft um Rat gefragt hatte.

Die Blumen, die zu abertausenden zwischen den Gräsern standen, hatten die Blütenkelche noch sanft geschlossen

In Wellen rollte der Donner heran, und donnernd berstend brachen sich die Wogen am Strand der Ewigkeit.

Aber noch weiter wuchs Aryanand, und noch strahlender wurde das Licht der Krone – so groß und so strahlend hell, bis er die Welten, die er gerade aus dem feurigen

und warteten auf die Strahlen der Sonne, die den zarten Schleier des Nebels lüften würden, der sich nachts auf die Auen gebreitet hatte.

Die alten Erlen und Weiden am Bach schienen über dem weißen Nebel zu schweben und erinnerten Aryanand an Kobolde und andere wunderliche Gestalten aus den Märchen und Sagen, die man in seiner Heimat erzählte.

Die ganze Natur war wie verzaubert und schwebte entrückt zwischen dem Leuchten der Nacht und dem frühen Licht des neuen Tages.

Kommen gewartet, und für Bruchteile eines Augenblicks hätte Aryanand schwören können, dass er in diesem Moment gerade so aussah, wie der Fremde, der ihm als erster von der Krone erzählt hatte.

Der verehrungswürdige Weise war schon der Lehrer von Aryanands Vater gewesen, und niemand wusste, wie alt er war. Schneeweiß war sein Bart, und sein langes Haar, gehalten von einem Mistelkranz, lag wie Silber auf seinen Schultern. Gütig strahlten die Augen des Meisters, als Aryanand sich grüßend verneigte, und noch ehe er selbst etwas sagen konnte, kam dieser ihm schon zuvor:

„Ich wusste, mein Sohn, dass du kommen würdest, und ich weiß auch den Grund. Du warst mir immer ein gelehriger Schüler, und schon lange habe ich mich auf den heutigen Tag gefreut. Viele Geheimnisse der Natur sind dir bereits offenbar und heute möchtest du Abschied nehmen, um auszuziehen, das Allerhöchste, die Krone des Lebens zu gewinnen. In allen neun Welten gibt es kein Kleinod kostbarer als die Krone des Lebens", fuhr sinnend der Meister fort, „und mit Freuden weise ich dir den Weg, der dich sicher und schnell zu ihr führt."

Bald war Aryanand auf der anderen Seite des Tales. Auf verschwiegenen Wegen, unter himmelhochragenden Baumriesen wanderte er durch die kühlen Hallen des Waldes, bis er an eine Lichtung kam. Unter den tiefhängenden Zweigen eines uralten Baumes erkannte er die Gestalt des Meisters, als habe er dort schon auf sein

Er geleitete Aryanand zu einer alten, von Moos und Efeuranken überwucherten Steinbank, neben der leise murmelnd ein Quell entsprang. Dort, im Schatten eines mächtigen Lindenbaumes, weihte er ihn sodann feierlich in sein größtes Geheimnis ein, beschrieb ihm den Weg, den die Meister einer unsterblichen Tradition schon seinen Vorvätern überliefert hatten – aus den Wäldern hinaus nach Norden, bis zum Fuß eines hohen Berges: „Diesen Fels kennt man seit Menschengedenken. Man nennt ihn den Berg der Weisheit, und dort – auf seinem strahlenden Gipfel – wirst Du die Krone des Lebens finden."

Schweigend saßen Meister und Schüler noch eine Weile beisammen. Dann erhob sich der Weise, bedeutete Aryanand aber sitzen zu bleiben, und verschwand im

„Hier, Aryanand," erklärte der Meister sodann, „ist das Erbe deines Vaters. Ich habe es aufbewahrt für den Tag, an dem du ausziehen würdest, die Krone des Lebens zu gewinnen. Niemand vermag dieses Bündel zu öffnen. Weder mit List noch mit Gewalt ist sein Geheimnis zu lösen. Dir aber wird es sich ganz von selbst auftun, wenn der rechte Zeitpunkt gekommen ist."

Mit dieser Rede, die Aryanand über alle Maßen wunderlich schien, übergab ihm sein Lehrer das geheimnisvolle Bündel und sprach: „Bewahre es gut! Auch wenn es Dir vielleicht manchmal zur Last wird, so wird es sich doch als nützlich erweisen."

Am nächsten Morgen, in aller Frühe, nahm Aryanand Abschied von seinem Meister. Dankbar verneigte er sich vor dem Weisen, doch es fiel ihm nicht leicht, sich zum Gehen zu wenden. Aber lächelnd deutete dieser mit einem aufmunternden Nicken die Richtung an, in die sich Aryanand wenden sollte. Wie fortgeblasen war da sein Kummer, und mit lachendem Herzen machte er sich auf den Weg.

Stunde um Stunde verrann, doch Aryanand spürte weder Müdigkeit, Hunger noch Durst; und als das schwindende Licht des Tages die Stunde der Dämme-

Inneren seiner einfachen Hütte. Nach wenigen Augenblicken kam er mit einem kleinen Bündel zurück. Dies war so seltsam verschlungen und kunstvoll verknotet, dass es unmöglich schien es jemals zu öffnen – ja, man nicht einmal sagen konnte, was daran oben und unten war.

rung kündete, fühlte er sich noch so frisch, wie zu Beginn seiner Wanderschaft.

Dennoch gönnte er sich jetzt eine Rast. An sein Bündel gelehnt schloss er für eine Weile die Augen, und die Welt um ihn her versank leuchtend im goldenen Schein seines inneren Lichtes. Erfrischt, als habe er lange und tief geschlafen, konnte er daraufhin weiterziehen.

All seine Gedanken, die früher wie die Wellen des Ozeans ziellos umhergewogt waren, schlossen sich nun zu einem einzigen glutvoll belebten Gedankenbild, dem er wie einem inneren Wegweiser auf einem uralten Pfad durch die Wälder folgte.

Viele waren diesen Weg schon vor ihm gegangen, wie ihm alte Spuren verrieten. Doch jetzt begegnete ihm nicht ein einziges anderes menschliches Wesen.

Am Ende des dritten Tages endlich lichtete sich der Wald, und Aryanand trat ins Freie. Vor ihm senkte sich die Landschaft in ein grünes, blumenreiches Tal, das sich im schwindenden Licht der Sonne unendlich weit zu erstrecken schien.

In der Ferne aber erhob sich transparent, fast wie Glas, ein gewaltiger Berg. Sein Gipfel verschwand in einem dichten Wolkenkranz, und es sah aus, als ob der Berg bis

in den Himmel wachse. Schon wenige Stunden später stand Aryanand am Fuß dieses Felsmassivs. Im sanften Licht des Mondes und von unzähligen blinkenden Sternen beschienen, ragte der sagenumwobene Berg in die Nacht.

Wie die Türme und Erker einer uneinnehmbaren Festung wuchsen seine Zinnen vor Aryanand in die Höhe, und wie funkelndes Edelgestein spiegelten sie jedes einzelne Himmelslicht.

Doch der Pfad, dem Aryanand folgte, wurde nun immer schwerer erkennbar. Deshalb beschloss er, die verbleibende Nacht zu ruhen und den Aufstieg am nächsten Tag, im Licht der Sonne, zu beginnen.

Anderntags war Aryanand früh auf den Beinen, und der schmale Steig führte ihn rasch in die Höhe. An einer Stelle, an der sein Weg unübersichtlich an steil ragenden Felswänden verlief, war ihm, als ob er – zunächst wie aus weiter Ferne – dann aber bedrohlich anschwellend, ein Geräusch, dunkel, wie rollenden Donner vernahm.

Plötzlich begann der Boden unter seinen Füßen zu zittern, und vorsichtig lugte Aryanand um die nächste Biegung des Felsenweges. Wie angewurzelt blieb er stehen, als er das seltsame Wesen sah, das ihm da entgegenkam.

Unsagbar langsam und bei jedem seiner dröhnenden Schritte bedrohlich schwankend, trottete eine hünenhafte Gestalt auf dem schmalen Felspfad heran. Der Koloss war klobig aus einem einzigen Felsbrocken gewachsen und stellte sich Aryanand jetzt genau in den Weg.

„Na, junger Freund, wohin, woher?" donnerte ihn der Steinriese an, mit einer Stimme, die dem Rumpeln einer Geröllhalde glich – so laut, dass sich Aryanand beide Ohren zuhalten musste.

„Zum Scherzen ist dir wohl nicht zumute," polterte der Riese weiter. Diese Begegnung als Spaß zu verstehen, fiel ihm tatsächlich schwer, und Aryanand wagte nicht, seinen Mund aufzutun.

„Seh' ich jetzt deine Nasenspitze schon weiß", fuhr dröhnend der Steinriese fort, „wie soll das erst werden, wenn du diesen Berg höher hinaufsteigst, wo die Luft immer dünner wird?"

„Und außerdem, mit einem Bündel, wie du es da trägst, ist noch keiner an mir vorbeigekommen. Also, Bürschchen, gib's her!" Mit diesen Worten griff er nach dem Bündel, das Aryanand fest in seinen Händen hielt.

Doch der hatte sich inzwischen von seinem Schrecken schon etwas erholt, sprang flink zur Seite und schlug dem Riesen auf seine klobigen Finger.

„Ha", freute sich polternd der Felsenkoloss, „willst wohl mit mir spielen? Nun gut, zuerst aber her mit dem Bündel!" – und wieder versuchte er, es Aryanand zu entreißen. Der aber hielt es fest und hieb mit einer Hand auf den Riesen ein, als dieser ihn, leicht wie eine Flaumfeder, mitsamt seinem Gepäck in die Lüfte hob.

„Hör' auf mich zu kitzeln!" dröhnte der Riese lachend und ließ ihn wieder zu Boden fallen. Doch Aryanand raffte sich auf und schlug ihm gegen das Schienbein, denn er sah wohl, dass er nicht weiterkam, solange ihm der steinerne Gigant den Weg verstellte.

Aber sein Schrecken wuchs, als er plötzlich gewahrte, wie der Riese unaufhaltsam, bei jedem Schlag, den er ihm verpasste, nur immer noch größer und mächtiger wurde – und allein seiner Gewandtheit hatte es Aryanand zu verdanken, dass ihn der träge Koloss nicht zu fassen bekam. Dem schien das „Spiel" inzwischen auch nicht mehr zu gefallen und zu lange zu dauern. Drohend hob er seinen Arm in den Himmel …

„Zum letzten Mal, her jetzt mit diesem Bündel!" dröhnte er, so laut, dass der ganze Berg unter ihnen zu beben schien; und schwer wie ein Fels fiel seine gigantische

Faust krachend genau auf die Stelle, wo Aryanand noch vor einer Sekunde gestanden hatte.

Im gleichen Augenblick aber fiel diesem in seiner brenzligen Lage ein wertvoller Rat seines Lehrmeisters ein:

„Lärm wird nur um so größer, je mehr man versucht eine tobende Menge durch lautes Schreien zu übertönen, um sie zur Ruhe zu bringen; und ein Kampf wird nur heftiger, wenn man sich selbst ins Getümmel stürzt, und sei es auch, um die Kämpfer zu trennen. Klüger ist es in solchen Fällen, auf andere Art vorzugehen."

„Niemals", so hatte sein Lehrer damals gesagt, solle er sich auf seiner Wanderschaft in ein Handgemenge einlassen. Alle Bedrohnisse und Gefahren auf seinem einsamen Weg würden von alleine schwinden, wenn es ihm selbst gelänge, innerlich vollkommen ruhig zu sein – am Besten soweit, dass er äußerlich sogar vergesse zu atmen.

Seine Umgebung werde dann in einen Zauberschlaf sinken und niemand mehr auch nur im Traum daran denken, ihm irgendetwas zu Leide zu tun.

Dazu hatte ihm sein Meister eine einfache, aber geheime, altüberlieferte Kunst mitgeteilt.

Wie ein Blitz war dies alles Aryanand durch den Kopf geschossen. Geschwind sprang er ein paar Schritte zurück, setzte sich hin, schloss die Augen und begann so die Kunst, die ihn sein Meister als Geheimnis gelehrt hatte, unerschrocken auszuüben.

Ganz wenige und einfach überlieferte Anweisungen hatte er zu befolgen, und sofort begannen sich seine Gedanken mühelos neu zu ordnen und kamen allmählich von selbst zur Ruhe. Ganz von alleine war dabei auch sein Atem unendlich sanft und fein geworden – und wie eine strahlende Sonne über dem grenzenlos weiten gähnen, unsicher und müde zu schwanken, und der letzte Eindruck, den Aryanand noch erhaschte, bevor sein leisester Gedanke wie eine ganz feine Welle auf dem Ozean des Geistes verebbte und ihm damit auch der sanfteste Atemzug stillstand, war, dass der steinerne Koloss, riesenhoch wie ein altes Haus, mit gewaltig donnerndem Getöse krachend über ihm zusammenbrach.

Tonnenschwer rollten Felsbrocken polternd von Aryanands Schultern. Dann war alles einfach nur still, und er fühlte sich unendlich leicht.

Als er verstohlen blinzelnd die Augen aufschlug, erwartete er sich zwischen wirbelndem Staub und zertrümmerten Felsklötzen wiederzufinden – stattdessen jedoch saß er mitten in einem prächtigen Goldpalast.

Neben ihm lag sein Bündel. Nur war das äußere Tuch völlig in Stücke zerrissen, und eine kleine Truhe aus Eichenbrettern kam darunter zum Vorschein.

Obwohl Aryanand daran weder Schloss noch Riegel fand, vermochte er nicht, ihren Deckel zu öffnen. Da nahm er – ohne sich lang darum zu bekümmern – die Holzkiste einfach unter den Arm und begann den Palast zu erforschen.

Meer stieg eine unerschütterlich tiefruhige Wachheit hell leuchtend in seinem Inneren auf.

Der Riese war so verdutzt von dem unerwarteten Verhalten seines Gegners, dass es ihm selbst vor Staunen den Atem verschlug. Benommen begann er zu

Die Wände und Säulen der großen Halle, in der er sich jetzt befand, waren ganz aus lauterem Gold und prachtvoll mit funkelnden Juwelen verziert. Über ihm wölbte sich eine wunderschöne Kuppel, durch deren farbige Scheiben strahlendes Sonnenlicht fiel, und wie von Händen unsichtbarer Diener bewegt, öffneten sich lautlos die goldbeschlagenen Tore aus duftendem Sandelholz, als Aryanand nur den Wunsch verspürte, in den nächsten Raum zu gelangen.

Den ganzen Tag verbrachte er damit, den Zauberpalast zu erforschen. Am Abend kam er in einen Saal, in dem eine fürstlich gedeckte Tafel stand; und da alles in diesem Schloss nur für ihn dazusein schien, tat er sich ungeniert an den köstlichen Speisen gütlich. Selbst die Nacht verbrachte er wie ein König – denn in einem der anderen Zimmer fand er ein herrlich weiches Himmelbett.

Er hätte noch tagelang durch den Palast wandern können – soviel gab es darin zu bestaunen! Doch am Morgen fiel ihm der Rat seines Meisters ein, sich auf dem Weg zur Krone des Lebens nicht unnötig aufzuhalten oder ablenken zu lassen. Deshalb beschloss er, obwohl ihm hier alles überaus gefiel, nun doch weiterzuziehen.

Er ging auf eines der neun goldenen Tore zu, die sich in der Außenmauer befanden. Wie von magischer Hand,

öffneten sich die schweren Flügel, ungehindert trat er hindurch, und mit einem kaum spürbaren Luftzug fielen sie hinter seinen Fersen lautlos wieder ins Schloss.

Nur wenige Schritte weiter jedoch, genau auf dem Pfad, der an einer Felswand vorbei, schwindelerregend steil in die Höhe führte, stand ein gewaltiger Baum. Sein Stamm allein war so mächtig, dass er den ganzen Weg versperrte, und man sich nicht an ihm vorbeizwängen konnte. Deshalb entschied sich Aryanand, an dem Baum selbst in die Höhe zu klettern, um von dort aus dann wieder auf den Felsenweg zu gelangen.

Doch als er auf den Stamm zutrat, öffnete sich darin eine verborgene Tür. Ein wild aussehender Krieger trat mit schweren Schritten daraus hervor und verstellte ihm wortlos den Weg. Auf eine mächtige Axt gestützt, musterte er zunächst Aryanand langsam von Kopf bis Fuß.

„Wusste ich doch, dass du kommst", sprach er dann schmunzelnd zu ihm. „Doch wenn du weiter, über den Baum hinaus in die Höhe willst, musst du mir deine Kiste als Wegezoll zahlen!"

Aber das Erbstück seines Vaters wollte Aryanand auf keinen Fall in fremde Hände fallen lassen. Als der Wächter des Baumes Aryanand deshalb selbst zum Kämpfen entschlossen sah, sprach er weiter: „Ich sehe, dein Entschluss steht fest. Das allein ist schon lobenswert. Doch ich will dir ein Rätsel zu lösen geben. Errätst du es, magst du den Baum erklimmen. Fehlst du, so ist dein Weg hier zu Ende!"

Dann verlangte der Wächter von Aryanand, ihm die genaue Zahl aller Äste, Zweige, Blätter, Blüten und Früchte zu nennen, die sich insgesamt an den Baum befänden, unter dem sie gerade standen.

Als Aryanand in die Höhe blickte, sank ihm der Mut. So mächtig wölbte sich die Baumkrone über ihm, dass sie weit und breit den Himmel verdeckte. Unüberschaubar war das Gewirr von Ästen, Zweigen und Blättern. Unmöglich schien es, ihre Zahl zu erraten.

Da tauchte, wie aus feinem Nebel, eine Erinnerung in ihm auf: Schon vor vielen Jahren hatte sein Meister ihm einmal eine Rose gezeigt und erklärt, wie der Saft, zwar farblos und unsichtbar, doch die ganze Blume durchdringe. Ohne den Saft gäbe es eigentlich gar keine Blume, und alles an ihr – Wurzel, Stengel, Blätter und Blüten, ja selbst die Dornen, seien genau genommen nur reiner, farbloser Saft. Jetzt, im Schatten des riesigen Baumes, wurde Aryanand klar, dass es bei diesem auch nicht anders sein könne. Er brauchte nur den Saft zu befragen, der durch jede Faser des Baumes rann, um alles über den Baum zu erfahren. Damit war das Rätsel des Wächters so gut wie gelöst!

„Gib mir bitte einen Schluck vom Saft des Baumes zu trinken", bat Aryanand deshalb den grimmigen Recken, „und ich will dir die Zahl, die du hören willst, nennen."

„Die Bitte sei dir gewährt", erwiderte lachend der Wächter, und mit einem sausenden Hieb seiner Axt schlug er eine Kerbe in den gewaltigen Stamm. Den

Saft, der sogleich daraus zu fließen begann, fing er in einem Silberkelch auf, den er Aryanand abwartend zum Trunke bot.

Dieser leerte den Becher in einem einzigen Zug. Wie köstlich schmeckte der Saft! Aryanand schloss entzückt seine Augen und – als habe sie ihm ein rettender Engel unmissverständlich ins Ohr geflüstert – nannte er siegesgewiss die Zahl, die der Wächter von ihm verlangte.

Da sprang seine Truhe, die neben ihm stand, krachend in tausend Stücke, und die Splitter wirbelten durch die Luft.

genau in die alte hineingepasst hatte. Doch auch an der neuen waren weder Schloss noch Riegel zu finden. Ohne darüber sonderlich erstaunt zu sein, nahm Aryanand die Kiste und band sie sich auf den Rücken. Der Wächter des Baumes half ihm noch bis in die ersten Äste, doch von dort kletterte er alleine in dem verzweigten Wirrwarr weiter.

Immer höher stieg Aryanand in das dichte Laubdach hinein, doch der Baum schien nicht enden zu wollen. Überall um ihn her wölbte sich die lichtgrüne Kuppel, durchzogen von einem unüberschaubaren Flechtwerk unzähliger Äste und Zweige.

Eine Vielzahl von Vögeln wohnte in dem mächtigen Wipfel, und ständig umflatterte ihn eine Schar lärmend zwitschernder Begleiter.

„Mein Rätsel hast du gelöst", lachte der vorher so grimmige Wächter, „doch deine Holzkiste hast du trotzdem verloren!"

Wo gerade noch die Eichentruhe gestanden hatte, stand nun eine kleinere Kiste aus Eisen, die offenbar

Unermüdlich kletterte er den ganzen Tag. Die Nacht verbrachte er bequem und sicher in der Gabelung einiger gewaltiger Äste und am nächsten Morgen nahm er seine Klettertour wieder auf.

Aryanand dachte schon, sein Aufstieg werde wohl niemals enden. Doch heute wurde das Laubwerk zusehends lichter, und bald hatte er die höchsten Zweige des Wipfels erreicht.

Fröhlich streckte er seinen Kopf durch das grüne Blätterdach – wie ein Taucher, der endlich aus der Tiefe eines Sees aufgetaucht ist.

Eine frische Brise wiegte ihn in den Zweigen sanft hin und her. Strahlendes Sonnenlicht fiel auf das wogende Meer von Blättern und wenn der Wind spielend darüber fuhr, sah es tatsächlich aus wie gekräuseltes Wasser.

Aryanand überlegte gerade, wie es von hier aus wohl weiter ginge, da gewahrte er zwischen den Wolken ein Leuchten und bald erkannte er fünf glänzende Pferde, die einen prächtigen Wagen zogen. Ein reich gekleideter Wagenführer hielt die Zügel spielerisch in der Hand und schien das Gespann mehr mit seinen Blicken, als mit den goldenen Leinen zu lenken. Er führte den Wagen in einem Bogen und hielt genau vor Aryanand an.

„Wie jetzt weiter?", fragte ihn lächelnd der Wagenlenker. Aber noch ehe Aryanand antworten konnte, lud er ihn ein in den Wagen zu steigen. „Jetzt können dich nur diese Pferde deinem Wunschziel näher bringen." Das mochte Aryanand gerne glauben, sah er doch weder Weg noch Steg, um von hier fort zu kommen. Deshalb nahm er seine Truhe und hob sie vor sich auf den Boden des Wagens.

„Die wirst du mir aber als Fahrgeld lassen", sprach der Wagenlenker, als sein Blick auf das Kästchen fiel, „denn mit einer Kiste aus Eisen hat noch keiner das Ziel erreicht, das du erstrebst."

Aryanand bekam einen gehörigen Schrecken. Auf keinen Fall würde er diese Kiste hergeben! Insgeheim legte er sich schon einen Plan zurecht, wie er den Wagenlenker überlisten könne, wenn dieser ihn erst einmal zum Ziel gebracht hätte. Doch kaum hatte Aryanand auf der Plattform des Wagens fußgefasst, da war der Wagenlenker plötzlich verschwunden, als habe er sich in Luft aufgelöst; und wie von einem unsichtbaren Peitschenhieb getroffen, jagten die Pferde los. Er konnte sich gerade noch irgendwo festklammern, als der zierliche Wagen auch schon gefährlich schwankend in rasender Fahrt durch die Lüfte sauste.

Verzweifelt versuchte Aryanand die Pferde unter Kontrolle zu bringen. Aber je mehr er sich abmühte, um so wilder gingen sie durch. Mitten in einen riesigen Wolkenberg führte die wilde Jagd. Wie graue Fetzen stoben die Nebelschleier vor dem Gespann auseinander. Doch dann spürte Aryanand plötzlich, wie die Räder wieder ratternd über Felsgestein rollten.

ber der Freudefunke, der ihn durchzuckte, war so rasch erloschen, wie er aufgeflammt war, als er bemerkte, dass sein Gefährt auf dem schmalen Pfad, der ihn eigentlich aufwärts führen sollte, mit halsbrecherischer Geschwindigkeit in die Tiefe raste.

Er war dem Mutwillen der Pferde vollständig preisgegeben und musste seine ganze Geschicklichkeit aufbieten, nicht aus dem Wagen geschleudert zu werden, der jetzt von jedem Stein polternd in die Luft geworfen und in allen Fugen krachend, jede Sekunde zu bersten drohte.

Unter all den Gedanken, die Aryanand dabei wild durcheinander im Kopf herumschossen, erinnerte er sich plötzlich, wie sein Meister ihm einmal ein großes Geheimnis anhand eines Beispiels mitgeteilt hatte:

„Auch das wildeste Streitross will, wenn es ausbricht", so hatte er damals gesagt, „nur dorthin, wo es am liebsten ist, und wo es sich sicher fühlt. Aber nirgendwo fühlt es sich so sicher und nirgendwo so wohl, wie zu Hause, in dem vertrauten Stall, aus dem es ursprünglich kommt."

„Deshalb", so folgerte Aryanand jetzt, „werden doch alle Pferde – auch meine – mit Freuden in diese Richtung laufen, zu guter Letzt selbst ihren Heimatstall finden, und spätestens dort wird die wilde Jagd dann sicherlich zu Ende sein."

Mit diesem Gedanken kehrte ein Hauch von Ruhe und Gelassenheit zu ihm zurück und, als ob sich sein wiedergefundenes Gleichgewicht über die goldenen Zügel auf das Gespann übertrug, begannen auch die Pferde ruhig zu werden. Alle seine fünf Sinne zusammennehmend, konnte sie Aryanand nun äußerst behutsam in einem weiten Bogen wenden.

Als die Pferde seine Absicht spürten, sie dorthin zu lenken, woher sie gekommen, liefen sie jetzt – ganz von alleine – ausgelassen wiehernd bergauf. Aryanand freute sich, die gefährliche Jagd mit heiler Haut überstanden zu haben. Welch ein Genuss, sich den kühlen Fahrtwind über die Stirn wehen zu lassen! Für einen Moment schloss er vor Glück seine Augen.

Da sprang krachend sein eisernes Kästchen in Stücke, und die Bruchteile fielen klirrend hinter ihm auf den Weg. Dort, wo noch vor einer Sekunde das Eisenkästchen gestanden hatte, lag nun eine kleine, in allen Farben schillernde Truhe aus Kupfer.

Von nun an wurde die Fahrt zu einem wahren Vergnügen. Ohne wirklich gelenkt werden zu müssen, liefen die Pferde in vollendeter Harmonie. Wie auf Wolken rollte der Wagen über den Berg; und als ob Aryanands Wunsch allein ausreichte, sie zu lenken, liefen die Pferde freudig schnaubend bergan.

Aryanand fühlte sich wie der Lenker, der ihm das Gespann überlassen hatte, und obwohl er tatsächlich die Truhe aus Eisen, wie eine Art Fahrtgeld eingebüßt hatte, so hatte er doch dafür eine neue aus blank glänzendem Kupfer gewonnen. Bis spät in die Nacht liefen die Pferde unermüdlich weiter den Berg hinauf, und im Licht des Mondes und der funkelnden Sterne gelangten Aryanand und sein Gespann zu einem wunderbar glitzernden Felsenschloss.

Im Schlosshof fiel den Pferden von selbst das Geschirr von den Schultern, und sie trabten frei in den Park.

zurück in den Innenhof kam, fand er die Pferde schon angeschirrt und zur Ausfahrt bereit.

Weil es galt, auf seiner Reise keine Zeit zu verschwenden, bestieg er, ohne sich aufzuhalten, den Wagen, lenkte das Gespann zu dem höher gelegenen Tor hinaus und setzte seine Fahrt weiter fort.

Munter und ausgeruht trabte sein Fünfergespann bergan, und bald erreichte Aryanand eine Stelle, wo der Pfad, schmal und fast ohne Steigung, rings um den ganzen Berg verlief. Gerade wollte er den Wagen um eine Kurve führen, da scheuten die Pferde plötzlich und weigerten sich ängstlich schnaubend, auch nur einen Schritt weiterzutun.

Über die Ursache ihres Verhaltens blieb er nicht lange im Zweifel, denn um die Felskante kam eine Gestalt, die er viel eher am Ozean als hier im Gebirge erwartet hätte.

Aryanand war von der wilden Fahrt, die er hinter sich hatte, ziemlich erschöpft und fiel direkt auf der Plattform des Wagens, mitten im Schlosshof, in einen traumlosen Schlaf voller Licht. Aryanand schlief, bis die Sonne ihn weckte. Im Schlosspark entdeckte er köstliche Früchte, an denen er sich gar nicht sattessen konnte, und als er

Vor ihm stand ein hochgewachsener Mann in einem weiten meergrünen Umhang. Die Borte des Umhangs war filigran mit schimmernden Perlen bestickt; und wenn der Wind in den Mantel blies, sah es aus, als ob der Mann mitten in einer Woge stünde und die Perlen, wie Luftbläschen, glitzernd um ihn her in die Höhe stiegen. Auch seine übrigen Kleidungsstücke waren kunstvoll mit schillerndem Perlmutt, mit Korallen und mit edlen Steinen des Meeres verziert. Blaues, goldschimmerndes Haar floss ihm wie eine Welle bis über den Rücken und wurde um die Stirn von einem Kranz roter Korallen zusammengehalten. Der Bart des Meermannes war lang und sah aus wie Seegras, das sich in fließendem Wasser bewegt.

Majestätisch, sein Umhang vom Wind machtvoll bewegt, er selbst aber unerschütterlich still, stand er da und schaute Aryanand stumm aus unergründlich tiefgrünen Augen an. Ohne zunächst ein Wort zu sagen, zog er mit seinem Speer, der eine wellenförmig geschliffene Spitze hatte, eine Linie quer über den Weg.

Dann sprach der Mann aus dem Meer zu ihm: „Hier kommst Du mit deinem Wagen nicht weiter! Willst du höher hinaus, musst Du den Ozean beherrschen! Jede Woge, jede Welle, auch wie eine Welle entsteht und vergeht, müssen Dir so vertraut sein und klar, wie Wasser in deiner hohlen Hand! Gibst Du mir die Truhe dort auf dem Wagen zum Pfand, dann lehre ich dich die Kunst, das Spiel des Meeres zu verstehen und geleite dich sicher über den Ozean zu deinem nächsten Ziel. Denn du sollst wissen, mit einer Kiste aus Kupfer hat noch keiner das stürmische Meer überquert."

Aber das Fürchten hatte Aryanand auf seinem bisherigen Weg schon verlernt. Außerdem sah er nicht ein,

was er mit dem Ozean zu schaffen habe, wo er sich doch gerade hoch auf einem Berg befand. Das versuchte er, dem Mann zu erklären. Auch, dass er es nicht für richtig halte, friedliebende Reisende mit völlig aus der Luft gegriffenen Drohungen in Schrecken zu setzen, und dass er sich freiwillig niemals von seiner Truhe trennen werde.

Da sprach der meergrüne Mann zu ihm: „Für langes Reden fehlt mir die Zeit. Ich wollte dir eigentlich helfen. Doch wenn du nicht willst und dich weiter an diese Kiste klammerst, kann ich leider nichts für dich tun." Mit dieser Mahnung war er plötzlich vor Aryanands staunenden Augen verschwunden.

Da tat es einen gewaltig krachenden Donnerschlag und, als habe jemand mit einem einzigen Hieb alle Wolkenberge zerrissen, fing es in Strömen zu regnen an. Aber nicht nur vom Himmel stürzten die Wasser, von überall her brachen sie auch aus dem Berg. Aus jedem Felsspalt, unter jedem Stein sprudelten plötzlich gurgelnd neue Wassermassen hervor.

Aryanands Pferde gerieten in Panik. Die Zügel wurden ihm aus den Händen gerissen, der Wagen drohte zu kippen. Er selbst konnte gerade noch seine Kiste ergreifen und fand sich im Nu zwischen haushohen Wogen mitten im Ozean treiben.

Da erinnerte er sich der Worte des Meermannes, dass er mit diesen Pferden niemals über den Ozean komme, und ihm dies auch nur gelingen werde, wenn er genau über jede Welle und jede Woge Bescheid geben könne.

Wie aber sollte Aryanand in seiner jetzigen Lage die Wellen beherrschen und das Meer überschauen? Wie sollte er dies überhaupt jemals können, wo doch ständig neue Wellen entstanden und wieder in der Unendlichkeit des unergründlichen Meeres vergingen. Am liebsten hätte er sich gewünscht, von dem Mann aus dem Meer die Kunst des Wellenzählens doch noch zu lernen.

Aryanand kam sich so hilflos vor, wie einst in einer stockfinsteren Nacht, in der ihn sein Meister gebeten hatte, doch die Dunkelheit aus dem Zimmer zu schaffen, damit man sich wieder sehen könne.

Über den seltsamen Wunsch seines Meisters war er zunächst nur verdutzt gewesen. Doch anhand dieses Lehrstückes hatte der ihm gezeigt, dass sich manch eine schwierige Lage nur mit Hilfe von neuem, zusätzlichen Wissen verändern lässt, ohne das man, selbst im Finsteren tappend, die Finsternis zu beseitigen sucht.

Genau wie sich Dunkelheit nicht einfach zum Fenster hinausschieben lässt, sie aber sofort schwindet, sobald man ein einziges Licht entzündet, so aussichtslos war es jetzt für ihn, den Ozean überschauen zu wollen, ohne von einer ganz anderen Seite die scheinbar aussichtslose Lage in Angriff zu nehmen.

Aber würde er je das Geheimnis lüften, wie eine Welle aus der Tiefe entsteht, sich erhebt, entfaltet und spurlos wieder in der Unbegrenztheit des Ozeans vergeht? Um dies alles zu ergründen, gab es für Aryanand nur eine Möglichkeit, und er entschied sich entschlossen zu handeln.

während ihn – wie schon bei dem Kampf mit dem Riesen – ein feines, kaum spürbares inneres Atmen doch glockenhell wach und lebendig hielt.

Da war ihm, als ob alle Meere, Seen, Teiche, Flüsse und Bäche der ganzen Welt zu einem einzigen, unbewegt windstillen Ozean in seinem Herzen zusammenströmten.

Jetzt ließ Aryanand einfach los – dachte an nichts mehr – und ließ sich sinken. Wie ein Stein, den man ins Meer wirft, erreichte er ohne Mühe den Grund, und von hier aus blickte er nun zur Oberfläche des Wassers empor.

In der selben Sekunde war ihm klar, dass er die Aufgabe, die ihm der Meermann gestellt hatte, mit diesem Blick so gut wie gelöst hatte: Was auf der Oberfläche des Meeres ein unüberschaubares Toben war, war von hier, aus der tiefen Stille betrachtet, ein zierliches, wunderschön filigranes Spiel von Farben, Wasser und Licht.

Kaum hatte er dieses Wunderschauspiel erblickt, da glitt ihm das kupferne Kästchen aus seinem Arm und zersprang lautlos in tausend Stücke. Zu seinen Füßen aber lag eine Truhe aus gediegenem Silber, die bisher in jener aus Kupfer verborgen gewesen war. Schloss und Riegel jedoch fehlten, wie bei dem alten, auch an dem neuen Kästchen aus Silber.

Ohne noch länger zu zögern und sich wer-weiß-wohin treiben zu lassen, schloss er die Augen, begann mit der wunderbar einfachen Übung, in der ihn sein Meister einst unterwiesen. Bald ward er so ruhig und unbewegt still, dass er, ohne sich zu bemühen, noch ehe er selbst recht wusste wie, vollständig aufgehört hatte zu atmen,

Da sah Aryanand den Mann, den er zuletzt auf dem Bergpfad getroffen hatte, über den Meeresgrund näherkommen. Von einem bunten Schwarm schillernder Fische umschwommen, rührte er spielerisch – wie zum Spaß – mit seinem Speer durch das stille Wasser. Und was er als eine ganz leichte, kaum merkliche Welle in der Tiefe erzeugte, vervielfachte sich zu immer stärkerer Brandung, je weiter es von hier zur Oberfläche des Meeres stieg.

Staunend blickte Aryanand den nicht zu zählenden Luftbläschen nach, die dabei entstanden waren und nun, wie Perlenströme seiner eigenen Gedanken, glitzernd und funkelnd um ihn her vom Meeresgrund in die Höhe strebten.

„Jetzt kennst du das Geheimnis der Wellen, denn du hast die Tiefe des Ozeans geschaut", sprach herzlich lachend der Mann im Meer.

„Auch deine Kiste aus Kupfer musstest du mir auf dem Meeresgrund opfern, und weil sich die Prüfung, die ich dir stellte, schon von selbst beantwortet hat, führe ich dich auch gerne wieder auf deinen Berg zurück. – Tatsächlich", sprach er, „hast du ihn eigentlich niemals verlassen."

Auch Aryanand lachte, denn es gefiel ihm, dem Spiel der Wellen weit über sich zuzuschauen, und er freute sich an dem ständig wechselnden Mosaik von farbig gebrochenem Licht, das nach festen Gesetzen, wie in einem riesigen Kaleidoskop, zu immer neuen, wundervollen Bildern auseinander- und wieder zusammenfloss.

Dann spürte er, wie ihn eine sanfte Strömung erfasste und mit sich fort in die Höhe trug, und ehe er sich versah, setzte ihn eine Welle sicher auf einer Felsklippe ab.

Aryanand hatte noch nicht recht begriffen, wie ihm geschah, da war der ganze Ozean verschwunden, als hätte es ihn niemals gegeben, und er fand sich – über einem blendend weiß wogenden Wolkenmeer – auf dem ihm bekannten Gebirgspfad wieder, nur schon viel höher als dort, wo er ihn kürzlich so unfreiwillig verlassen musste.

Die silberne Kiste unter dem Arm, zog Aryanand weiter den Berg hinauf. Nachdem er so eine Weile gewandert war, bemerkte er, dass die Felsen und Pflanzen entlang des Pfades immer durchsichtiger wurden und zu funkeln begannen.

Schließlich gelangte er in ein Tal, in dem alles aus reinstem Bergkristall war. Die Gräser, Blumen, Bäume, selbst Käfer und Schmetterlinge, die er dort sah, waren aus feinstem Edelgestein, und glimmernd spielte darin die Sonne in zarten, farbigen Lichtern.

Die ganze Gegend war wie verzaubert. Kein Windhauch regte sich, und tiefe Stille lag, wie eine unsichtbare Kuppel, über dem ganzen Tal.

Aryanands Weg war nach wenigen Schritten zu Ende – auf dem juwelenglitzernden Strand eines Sees, dessen Wasser den Talboden gänzlich bedeckte und das so still, klar und leuchtend zu seinen Füßen lag, wie ein reiner, makellos strahlender Diamant. Nicht die leiseste Welle kräuselte seine Oberfläche, und der staublose Spiegel des Wassers reflektierte den Himmel und die gesamte Umgebung, bis hin zum kleinsten, glitzernden Sandkorn.

Hohe, leuchtende Bäume aus Bergkristall mit Blättern aus Diamant, in denen sich jeder Sonnenstrahl in tausend funkelnden Farben brach, wuchsen nicht weit von der Stelle, an welcher der staunende Aryanand stand.

Spiegelglatte Wände aus geschliffenem Diamant ragten zu allen Seiten des Tals in den Himmel und ließen nicht einmal einen Pfad, der ihn um den See herumgeführt hätte.

Am gegenüberliegenden Ufer jedoch, an einer Stelle, an der eine zweite Gruppe leuchtender Kristallbäume stand, verlief der Weg weiter zum Tal hinaus.

Aryanand bereitete sich vor, den See zu durchschwimmen. Anders schien es nicht möglich, den Ausgang des Tals zu erreichen. Doch kaum hatte er einen Fuß ins Wasser gesetzt, sprang er erschrocken zurück – das Wasser des Sees war noch kälter als Eis!

Da sah er vom jenseitigen Ufer eine leuchtende Gestalt über das Wasser des Spiegelsees kommen – so als hätte er mit der Welle, die er gerade erzeugt hatte, diese zu sich herbeigerufen.

Wie alles in diesem Tal war auch der Mann, der dort kam, wie aus reinstem Kristall. Er hatte langes, golden glänzendes Haar, und seine Kleidung war äußerst kunstvoll aus fließenden Kristallen gefertigt.

In seiner Rechten hielt er ein gleißendes Schwert, die schlanke, doppelseitig geschliffene Klinge aus einem einzigen Diamant. Er trat vom See ans Ufer auf Aryanand zu, und da erst fiel diesem auf, dass das Wasser unter den Schritten des Mannes nicht im geringsten gezittert hatte.

„Ich freue mich, dass Du schon einen so weiten Weg auf dem Berg der Weisheit hinter dir hast. Doch um über

diesen See zu gelangen, bedarf es höherer Kunst, als du sie bisher schon bewiesen", redete der Mann mit dem gleißenden Schwert Aryanand freundlich an.

„Um diesen See führt kein Weg herum, und dass man ihn nicht durchschwimmen kann, hast du bereits erfahren. Doch das man darüber laufen kann, hast du soeben mit eigenen Augen gesehen. Wie jeden, der schon vor dir an dieser Stelle stand, will ich dich gerne hinübergeleiten, wenn du mir einen von diesen Bäumen mit zum anderen Ufer bringst." Dabei zeigte er mit seinem Schwert zu den Edelsteinbäumen in ihrer Nähe.

gen, dass er das Erbstück seines Vaters nicht hergeben könne.

Dieser jedoch ging überhaupt nicht auf seine Bitten ein, sondern forderte ihn noch einmal auf, einen Baum zu nehmen und ihm einfach über den See zu folgen. Auf der anderen Seite sei dann immer noch Zeit genug, sich über die Kiste einig zu werden.

Damit drehte er sich auf dem Absatz um, stieg auf das Wasser und ging, ohne ein weiteres Wort zu verlieren und ohne sich noch einmal umzublicken, mit sicheren Schritten über die Spiegelfläche des Sees dem anderen Ufer entgegen. Völlig verblüfft blieb Aryanand auf dem glitzernden Strand zurück.

Zwei unmöglich scheinende Dinge zugleich hatte der Herr dieses Tals von ihm verlangt. An die dritte Bedingung, die silberne Truhe einem Fremden zu geben, wagte er jetzt noch gar nicht zu denken.

Am Ufer sitzend, blickte Aryanand abwechselnd auf die spiegelglatte Wasserfläche und zu den diamantenen Bäumen hinüber. Wie sollte er jemals einen solch riesigen Baum in die Hände nehmen und dann auch noch über den See tragen können, ohne sofort darin zu versinken? Seine Gedanken gingen zurück zu der glücklichen Zeit, die er bei seinem Meister verbracht hatte.

„Außerdem wirst du deine silberne Truhe in diesem Tal zurücklassen müssen, falls du vor hast, jenseits des Sees weiter den Berg zu erklimmen."

Aryanand versuchte vergeblich, den Mann zu bewegen, ihm die Aufgabe zu erleichtern und ihn zu überzeu-

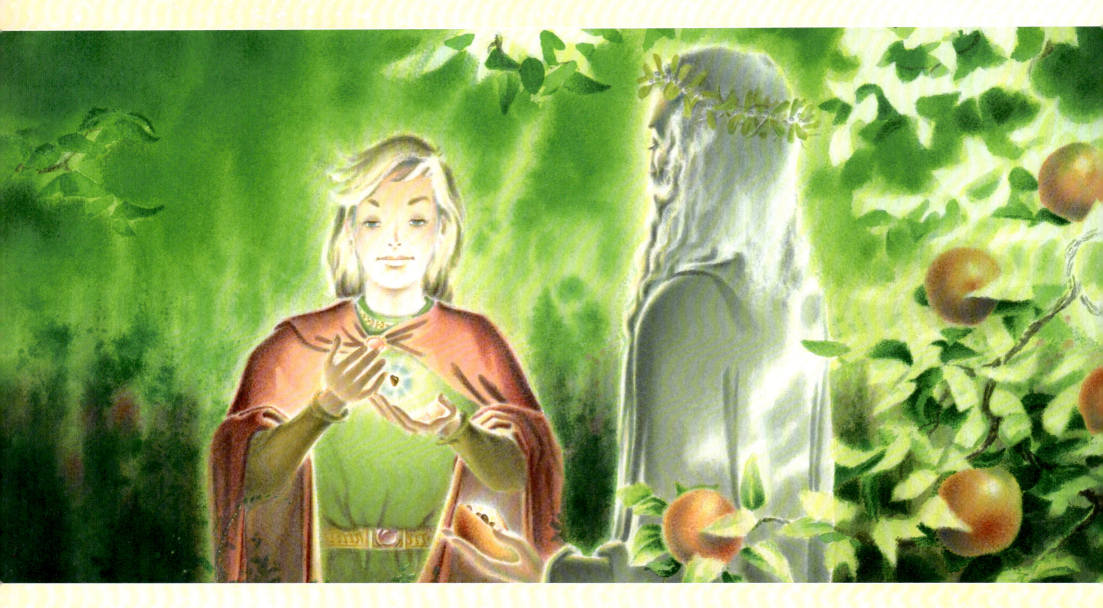

Eines Tages hatten sie zusammen im Schatten eines uralten Baumes gestanden. Sein Lehrer hatte ihn damals um eine Frucht aus den Zweigen des Baumes gebeten, die Frucht dann geteilt und ihm einen der vielen Kerne, die darin enthalten waren, zurückgereicht, mit der Bitte, nun seinerseits diesen wieder behutsam zu öffnen. Dann hatte ihn sein Meister gefragt, was er sehe.

„Nichts!" hatte Aryanand daraufhin, verwundert über die Frage, gesagt. „Nichts, nur einen leeren Kern!" – und beide mussten sie lachen.

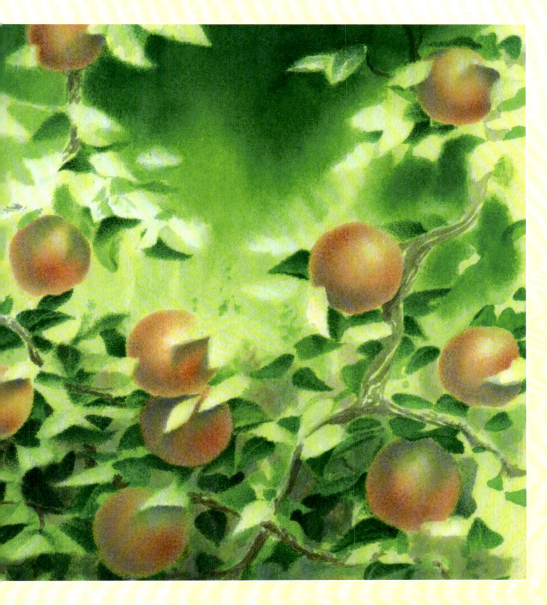

waltiger Baum wachsen würde, wie der, unter dem sie gerade standen.

Staunend hatte Aryanand auf das Samenkorn in seiner Hand geschaut und im Augenblick eines Wimpernschlages den in dem winzigen Samen verborgenen riesigen Baum erkannt.

Kaum hatte er jetzt – hier am Ufer des Spiegelsees sitzend – diese Gedanken zu Ende gedacht, da hob er eines der Samenkörner auf, wie sie tausendfach von den Kristallbäumen heruntergefallen waren. Durchsichtig rein, wie ein glitzernder Wassertropfen, lag es in seiner Hand. Doch er schaute darin, klar – wie durch ein Zauberglas – vollkommen bis ins Feinste schon ausgebildet, den mächtigen diamantenen Baum mit all seinen Zweigen, Blättern, Blüten und Früchten, der einst aus diesem Samenkorn keimen würde.

Im Überschwange seines Glücks, mit diesem durchsichtigen Edelstein einen ganzen Baum in Händen zu halten, sprang er, ohne sich zu besinnen, auf den glänzenden See. Obwohl es ein heftiger Sprung war, entstand dabei nicht die leiseste Welle.

Ungläubig staunend blieb Aryanand stehen, um auf das Wasser hinabzuschauen. Für einen Augenblick wusste er nicht, ob er sein Spiegelbild war oder sein Spiegelbild unter sich sah.

Da jedoch hatte sein Meister ihm den Schleier, der das Geheimnis verbarg, gelüftet und ihn gelehrt, die in allen Dingen verborgene Wirklichkeit mit dem inneren Auge der Wahrheit zu schauen: Wie aus diesem „Nichts" eines jeden der winzigen Kerne, in jeder der vielen Früchte, die über ihm in den Zweigen hingen, einmal ein so ge-

Schwindel erfasste ihn, als sich sein Blick in dieser unendlichen Klarheit verlor. Da lief eine Welle, ausgehend von seinen Füßen, über den ganzen See. Gerade noch so konnte er sich ans Ufer retten, bevor er in dem Eiswasser untersank.

Aber Aryanand hatte zugleich auch erkannt, warum das Wasser erst ruhig gewesen, dann aber plötzlich gezittert hatte: Er wusste nun, dass es ebenso unbewegt blieb oder ebenso stark erschüttert, wie er selbst in seinem Inneren ruhig war oder im Herzen unruhig zittert. Jeder feinste Gedankenimpuls übertrug sich sofort als Erschütterung auf die Oberfläche des Sees.

Doch er kannte ja das Geheimnis, selbst den stärksten Sturm von Gedanken vollständig zum Schweigen zu bringen ... Und so setzte er sich ans Ufer, schloss seine Augen und übte die gleiche Kunst, die ihn schon vor den Schlägen des Riesen und dann auf dem Meer gerettet hatte. Das Letzte, was er gerade noch wahrnahm, bevor sich sein feinster Gedanke in strahlendes Licht aufgelöst hatte, war, wie seine Kiste aus Silber in tausend funkelnde Stücke zersprang.

Als Aryanand wieder die Augen aufschlug, stand neben ihm, statt der Silberkiste, eine kleinere Truhe aus glänzendem Gold. Der Deckel jedoch ließ sich wieder nicht heben, obwohl auch an diesem Kästchen weder Schloss noch Riegel zu finden waren.

In seinem Herzen fühlte sich Aryanand jetzt so rein, so unbewegt still und so klar, wie der leuchtende See, der unergründlich vor ihm lag.

Er nahm seine Truhe, trat, als sei es die selbstverständlichste Sache der Welt, furchtlos und schweigend auf das spiegelnde Wasser und lief, als habe er Diamant unter den Füßen, darüber hinweg zum anderen Ufer. Dort kam ihm der in Kristall gekleidete Mann entgegen, lächelte, als er die goldene Kiste sah, die Aryanand bei sich trug, und freute sich herzlich, als der ihm alles erzählte und das Kristallsamenkorn vor die Augen hielt.

„Ab heute magst du zum Andenken an dieses Tal immer einen Edelsteinbaum bei dir tragen," sagte er am Schluss des Gespräches lachend zu Aryanand und überließ ihm den Kristall als Geschenk.

Die Nacht verbrachten sie schweigend am Ufer des leuchtenden Sees, und morgens machte sich Aryanand wieder auf seinen Weg.

Die Welt hier oben war ganz in das blaue flimmernde Licht des wolkenlos strahlenden Himmels getaucht, und je höher Aryanand stieg, um so stärker begannen sich Himmel und Berg in Farbe und Transparenz zu durchdringen.

Kein Laut war zu hören, und selbst das Geräusch seiner Schritte wurde sofort von der Luft und von den Felsen verschluckt. Aryanand kam sich vor, als ob er in feierlichem Schweigen direkt in den höchsten Himmel stiege.

Noch eine letzte Biegung des Felsenweges, noch einige steil herausgeschlagene Stufen hinauf und er stand auf dem Gipfel: Vor ihm lag eine kahle, völlig ebene Felsenplattform. Weit und breit war sonst nichts zu sehen. Nur Stille, nur Leere und nicht die geringste Spur, wie oder ob überhaupt es von hier aus noch weiterginge.

Da kam, wie aus dem Nichts oder wie aus der blauen Luft heraus eine kleine Gestalt über die kahle Fläche auf Aryanand zu. Die Art und Weise aber, wie sich diese bewegte, war das Seltsamste, was ihm bisher überhaupt jemals begegnet war.

Sie sah aus, wie ein winziges menschliches Wesen, war in ein zierlich geschneidertes, dunkelblau schimmerndes Wams gekleidet und hüpfte in den verdrehtesten Sprüngen, Kapriolen schlagend und kobolzschießend, völlig geräuschlos, fast wie ein kleines, flackernd tanzendes Licht, über das leere Felsenplateau. Bei jedem Satz sah es aus, als wolle sie über sich selbst hinaus springen, und mit einem wilden, sausenden Überschlag, landete der seltsame Zwerg, leise klirrend lachend, genau vor Aryanands Füßen.

„Da stehst Du nun auf dem Berg der Weisheit", sprach der blaue Kobold leise zu ihm. „Ich weiß auch, warum du gekommen bist. Doch, dass es hier oben so kahl ist und rein gar nichts zu sehen gibt, hast du wohl nicht erwartet."

„Vielleicht hat die Krone, die du hier suchst, schon ein anderer vor dir geholt", spottete der Zwerg weiter.

„Jedenfalls solltest du mir zuerst einmal deine Goldkiste geben! Schließlich stehst du auf meinem Hoheitsgebiet, ohne mich vorher gefragt zu haben! Hat dich denn irgend jemand gerufen oder warum bist du gekommen? Gib mir die Kiste, dann will ich dir zeigen, wie du auf dem kahlen Gipfel hier, vielleicht doch etwas Wertvolles finden kannst!"

Das aber schien Aryanand ein unsicherer Handel zu sein, und er setzte sich auf die goldene Truhe, zu bekunden, dass er sie nicht hergeben werde.

Da schlug der Zwerg leise kichernd einen wirbelnden Purzelbaum über den Rand der Klippe hinaus in die Tiefe und war im nächsten Moment verschwunden.

Doch keine Sekunde später kam er schon wieder in seltsamen Kapriolen aus genau der entgegengesetzten Richtung über die Plattform auf Aryanand zu.

„Ganz unten im Tal hab' ich die Krone des Lebens gesehen", fuhr der Kobold fort ihn zu necken.

„Die Zeit und die Mühe hier heraufzusteigen, hättest du dir besser gespart. Doch noch ist nicht alles verloren! Ich will dir verraten, wie du sie bekommst. Die Krone des Lebens wirst du nur finden, wenn es dir gelingt über deinen Schatten zu springen! Wie das geht, habe ich dir soeben schon vorgemacht. Ganz in die Tiefe, zum Fuß des Berges musst du noch einmal springen. Dein Schatten wird es nicht wagen, dir über den Rand der Klippe zu folgen. Nur Mut und frisch gewagt!"

Dies waren die letzten Worte, die der seltsame Zwerg zu Aryanand sprach.

D ann sprang er, wie von einer Feder in die Luft geschnellt, mit einem einzigen komisch verdrehten Satz von der Stelle, wo er gerade stand, lachend über den Klippenrand. Vor der Kante aber blieb, wie ein dunkler Fleck auf dem Fels, sein kleiner Schatten zurück.

Dies alles kam Aryanand so unwirklich vor, als habe sich eine Fata Morgana vor seinen Augen in Luft aufgelöst.

Aber er hatte ja mit dem Zwerg gesprochen und mit eigenen Augen dessen seltsames Schauspiel verfolgt – oder nicht?

Deshalb begann er, seine Begegnung mit diesem Schattenspringer noch einmal in Ruhe zu überdenken.

Darüber wurde es Abend. Doch was er von alledem halten sollte, war ihm immer noch rätselhaft, und über seinen Gedanken sank er in einen lichten Schlummer mit einem wunderschönen Traum: Zusammen mit seinem Meister saß er am Waldesrand auf einer blumenbestreuten Wiese, die sanft in ein herrliches Tal abfiel.

Unter den Worten der Weisheit, die sein Lehrmeister zu ihm sprach, wurden ihm Herz und Verstand weit, licht und frei.

Wie ein golden leuchtender Adler stieg sein Denken höher und höher in unendliche Weiten.

Da huschte, für Bruchteile eines Augenblicks, der Schatten eines Vogels über sie hinweg, und er blickte zum Himmel empor. Dort schwebte tatsächlich, majestätisch und ohne Flügelschlag, ein mächtiger Adler, leuchtend wie Gold.

Im gleichen Moment, in dem er ihn sah, war er selbst dieser große goldene Adler und schraubte sich schwebend, in immer weiteren Kreisen, frei in den blauen, strahlenden Äther. So schwang er sich selbst, hoch über sich selbst hinaus, ins Licht des unendlichen Himmelsraumes und blieb doch selbst unter sich selbst – fast

Dann saß er wieder – selbst unter sich selbst – inmitten der Blumen am Waldesrand; war gleichzeitig hier und als Adler dort, hoch oben über sich im Licht des Himmels, und das Glück, das ihn dabei durchrieselte, machte ihn von Herzen lachen. Da war der Traum zu Ende.

Als Aryanand frühmorgens erwachte, waren ihm die Bilder des Traumes noch deutlich vor Augen, und er wusste, dass dieser ein Gleichnis war. Auch das seltsame Spiel des Schattenspringers durchschaute er jetzt – es war nur eine Prüfung, die aber ein Geheimnis enthielt, das er mit seinem Verstand allein nicht würde lösen können.

Er wusste, es galt, die Quelle dieses inneren Lichts zu erreichen, das so hell im Auge des Adlers strahlte, dass verglichen mit diesem Glanz alles andere nur wie ein Schatten erschien.

wie ein Schatten – auf der Blumenwiese zurück. Mit dem scharfen Auge des Adlers sah er die Welt aus der Vogelschau – klar und deutlich, die kleinsten Dinge – und doch war, im Licht, das von innen in seinem Auge strahlte, alles, was er unter sich sah, irgendwie schattenhaft.

Alles, was er bisher erlebt hatte, kam ihm vor, wie Bilder aus einem Traum, unwirklich, seinem eigenen Kopf entsprungen. So viele eigenartige Dinge, für die es zunächst keine Erklärung gab, waren ihm schon auf dem Berg begegnet. Aber zu guter Letzt hatten sich alle wie Wolken im Wind wieder aufgelöst.

Deshalb war Aryanand zuversichtlich, auch diese neue Prüfung mit Erfolg zu bestehen. Er war entschlossen, nicht so töricht zu sein, dem Zwerg über die Klippe zu folgen.

Zufrieden mit sich über diese Entscheidung, schloss er noch einmal die Augen und freute sich, allein mit sich selbst und am Leben zu sein.

Ganz von alleine und ohne sich darum zu bemühen, begann er in seinem Geiste die Kunst zu üben, die er einst als Geheimnis von seinem Meister gelernt hatte.

Da war ihm, als ob er – fast wie in dem Traum mit dem Adler – selbst über sich selbst hinaus, hoch in ein strahlend goldenes Licht stieg, so leicht und so mühelos, als ob er nach oben fiele.

Als er vor Überraschung blinzelnd die Augen öffnete, war er zunächst wie geblendet. Er saß noch immer am gleichen Fleck, an dem er schon vorher gesessen hatte. Doch wie hatte sich der kahle, trostlose Gipfel verwandelt!

War vorher nur nackter Fels da gewesen, so saß er jetzt auf lauterem Gold, und vor seinen staunenden Augen ragte der herrlichste Goldpalast dieser Welt in den Himmel. Goldene Ranken mit Blüten aus buntem Karfunkelgestein wuchsen an den Säulen empor, und

Blumen mit Edelsteinblüten und goldenen Blättern zierten den Treppenaufstieg zum Tor. Alles erstrahlte in so leuchtendem Glanz, dass Aryanand nirgendwo einen Schatten erblickte.

Ungläubig über das, was er sah, rieb er sich noch die Augen, da öffnete sich mit einem wohlklingend rollenden Ton das golden verzierte Tor des Palastes, und der seltsame Schattenspringer kam die Stufen herab auf Aryanand zu.

Er trug noch immer den gleichen Wams, doch die blaue Farbe strahlte nun sanft, wie das innere Licht einer Kerzenflamme. Auch sein Gebaren hatte sich völlig verändert. Statt kobolzschießend und purzelbaumschlagend kam er jetzt ruhig, fast würdevoll, wie ein Flämmchen, welches an einem windstillen Ort nicht flackert, die goldenen Stufen herabgestiegen.

„Sieh", sprach er, mit einer einladenden Geste großzügig um sich zeigend, „wie sich dein Sprung gelohnt hat! Alles, was du hier siehst, ist dein! Du kannst frei darüber verfügen! Auch deine Truhe magst du behalten, du hast sie dir redlich verdient!"

Da erst fiel Aryanand wieder die Truhe ein, und er staunte aufs Neue: war sie vorher aus lauterem Gold gewesen – jetzt war sie aus Diamant! Aber von welcher Seite er auch in Augenschein nahm, wieder einmal war nichts zu entdecken, wo sie sich hätte öffnen lassen.

Wie er sie so noch drehte und wendete, um ein verstecktes Schloss zu finden, sprach das leuchtende Männlein weiter zu ihm: „Diese Truhe aus Diamant und alles, was du hier siehst, war schon vorher ebenso da wie jetzt, nur war es deinem Blick noch verborgen. Doch weil du meine Prüfung bestanden hast, hat sich dir dieser Schatz eröffnet. Niemand kann ihn dir streitig machen!"

Damit nahm er Aryanand bei der Hand und führte ihn überall umher, ihm seinen neuen Besitz zu zeigen.

Unbeschreiblicher Glanz und Reichtum strahlte ihnen bei jedem ihrer Schritte entgegen. Doch Aryanand hatte nur eines im Sinn – wohin ihn der Zwerg auch führte, hielt er Ausschau, ob sich unter all diesen Schätzen vielleicht die Krone des Lebens befand.

Als der Rundgang durch den Goldpalast, durch zahllose Schatzkammern, durch einen herrlichen Park mit juwelengeschmückten goldenen Bäumen, Wegen und Wasserfällen aus Gold und unzähligen anderen unbeschreiblichen Dingen aus Edelsteinen und Gold nach vielen Stunden beendet war, er aber nirgendwo eine Krone entdeckt hatte, beschloss Aryanand, der bisher schweigend und staunend neben seinem

Führer hergegangen war, diesen direkt nach der Krone zu fragen.

„Krone des Lebens?" tat da das blau leuchtende Männchen erstaunt. „Wer hat dir bloß diesen Unfug erzählt? Eine Krone des Lebens gibt es nicht. Die ist nur die verkauzte Idee in den Köpfen einiger alter Einsiedler, die tief in den dunklen Wäldern hausen und nicht wissen, wie man sich des Lebens erfreut. Was suchst du nach einer Krone, die es niemals gegeben hat? Hier, nimm was du hast und was du mit Händen greifen kannst! Du wirst damit reich und glücklich sein!"

Inzwischen war die Nacht mit tausend funkelnden Lichtern über dem Berg hereingebrochen. Aber unverblasst strahlten die goldenen Schätze in ihrem eigenen Glanz.

„Schau, allein deine Kiste aus Diamant", ließ der leuchtende Kobold nicht locker, „ist ein Vermögen wert, und keiner wird etwas Wertvolleres haben, wenn Du damit nach Hause kommst. Auch dein Meister wird stolz sein, dich so reich beladen heimkehren zu sehen."

Mit diesen und vielen anderen schmeichelnden Reden versuchte er immer wieder Aryanand zu bewegen, den Schatz in Besitz zu nehmen.

Der aber hatte sich längst anders entschieden. Konnte nicht alles, was er hier sah, ebenso plötzlich verschwin-

den, wie es vor seinen Augen aufgetaucht war? Darum sprach er zu seinem Begleiter: „Bin ich denn sieben Tage den Berg der Weisheit hinaufgestiegen, nur um mit dir ein Geschäft abzuschließen und die Krone des Lebens gegen Gold einzutauschen?

Selbst wenn alle Schätze der Welt hier zusammengetragen sind, so kannst du mich nicht damit blenden! Denn ohne das Licht aus der Krone des Lebens verliert dieses ganze Gold seinen Glanz."

Mit fester Stimme erklärte Aryanand dem Zwerg, dass er sicher sei, die Krone hier auf dem Berg und nirgendwo anders zu finden, und dass er entschlossen sei, noch einmal zu seinem Meister zurückzukehren, um diesen genauer über das Versteck zu befragen.

Die Kiste aus Diamant könne er gerne hier bei den anderen Schätzen behalten, denn verglichen mit der Krone des Lebens erscheine sie ihm so wertlos wie Glas.

Dann legte sich Aryanand nieder, zu ruhen, entschlossen, am Morgen diesen Ort zu verlassen.

Zuerst war es nur wie ein winziges Licht in ganz weiter Entfernung, wie ein leises Glimmen hinter seinen geschlossenen Lidern, das ihn von irgendwoher immer stärker mit wohliger Wärme und Licht erfüllte – obwohl es eigentlich hätte dunkel sein müssen, denn um sich her spürte Aryanand nur die kühle Stille der Nacht. Doch dieses Licht war nicht einfach nur Licht, und auch die Stille, die er verspürte, war anders als einfach nur still, sondern beides durchwirkte sein Wesen, mit prickelndem Leben.

Immer tiefer lauschte er in diese leuchtende Stille hinein, die ihn inzwischen gänzlich umfing und erfüllte, wie das lautlose Klingen von fallendem Schnee – es schien von irgendwoher zu kommen, und doch war es überall zugleich. So auch jetzt. Denn als Aryanand auf der klingenden Spur eines unendlich zarten Gedankenimpulses vollkommen im Quell dieser Seelenstille versank, fand er sich in einem Ozean wieder. Er war eine Quelle, die gleichzeitig Ozean ist und ewiger Fluss einer Flut von Stille.

Er war ein winziger Funke von Glück in einem Meer von Glückseligkeit, das über alle Zeiten und Räume hinweg bis zum äußersten Horizont kosmischen Lebens reicht. Er war nur er selbst – und doch war er alle Dinge zugleich. Und all dies war nichts als sein allerinnerstes Wesen, welches sich selbst in sich selbst reflektierte und so, in ewigem Spiel mit sich selbst, die ganze Vielfalt der Schöpfung erschuf.

Unzählige Welten umschwebten ihn wie ein Königsmantel aus glitzerndem Sternenstaub. Auf Sternenbrücken durchschritt er die höchsten Himmel und fand überall doch nur sich selbst. Er war eine Welle, die weiß, dass sie selbst der unendliche Ozean des Lebens ist, und lachend die ganze Schöpfung durchtanzt.

Es gab nur noch Fülle! Die Fülle der ewigen Einheit des Lebens und die Fülle der ewigen Vielfalt der Schöpfung – waren beide nur seine eigene Fülle.

Er war das Licht von abermillionen Sonnen zugleich – das Licht, welches jedes andere Licht von innen mit Leben und Licht erfüllt und dessen unermesslicher Glanz Aryanands Stirn jetzt umstrahlte, wie eine Krone aus reinster Glückseligkeit. Dann streifte zum letzten Mal seine Seele die sausende Schwinge der Zeit, sein Atem stand still – und wurde zum Atem der Ewigkeit ...

Wie lange? Hier und jetzt gab es keine Zeit. Die Ewigkeit war ein Augenblick und die Unendlichkeit ein winziger Punkt. Doch als sich Aryanand irgendwann wieder bei sich selber fand, wusste er mit Gewissheit, dass seine Suche zu Ende war. Er hatte innen gefunden, was er außen gesucht und was ihm schon immer gehört hatte – die Krone des Lebens, sein innerstes Selbst.

Es ist jenseits von allem, was sterblich ist und was man jemals verlieren kann. Es ist reines Bewusstsein, ewig wach in sich selbst und ungetrübte Glückseligkeit. Es ist das Leben in allem, was lebt – überall und zu allen Zeiten.

Jeder kann es erfahren, als sein eigenes allerinnerstes Selbst – und doch ist es geheimer als das größte Geheimnis, denn es verrät sich nur sich selbst.

Jetzt verstand Aryanand auch, warum weise Männer und Frauen ihm immer wieder versichert hatten, wie einfach es sei, die Krone zu finden, und dass jeder sie finden könne, obwohl es nur eine einzige Krone des Lebens gibt!

Überglücklich öffnete Aryanand langsam die Augen. Zunächst sah er nichts, denn aller Glanz um ihn her war jetzt von einem neuen Licht überstrahlt, und erst allmählich begann er, darin wieder Einzelheiten zu erkennen.

Vor ihm stand seine Truhe aus Diamant. Der Deckel war aufgesprungen, und eine unbeschreibliche Flut von Licht strömte aus ihr hervor. Mitten in diesem Meer von Licht gab es einen noch stärker blendenden Schein, und dort, wo der Glanz am strahlendsten war, lag in der Truhe aus Diamant, auf einem golden verzierten Kissen, eine unsagbar leuchtende Krone.

Über jeden Zweifel erhaben, wusste Aryanand, dass dies die Krone des Lebens war. Denn sie erstrahlte im gleichen Licht, das wie ein nie endenwollender Blitzstrahl leuchtend in seinem Inneren stand.

orsichtig nahm er die Krone in seine Hände. Sie war aufs allerfeinste vollendet aus einem einzigen Diamanten geschliffen und in überirdischer Kunst mit allen Edelsteinen der Welt, wie mit funkelnden Sternen, verziert.

Doch der Glanz der Vollkommenheit, der von ihr strahlte, war jenseits von Worten, die man in dieser Welt kennt. Aryanand wurde nicht müde, sie zu drehen und zu wenden, und vom Licht der Krone des Lebens erstrahlte die sternenfunkelnde Nacht heller als der hellste Tag.

Im Nu war die Nacht verflogen; und als die Sonne die ersten Strahlen über den Horizont klingen ließ, rüstete Aryanand sich zum Abstieg.

So hell war nun das Licht der Erfüllung in ihm, dass selbst das gleißende Licht der Sonne fast wie ein Schatten darüber fiel. Alles Gold auf dem Gipfel erglänzte noch heller als tags zuvor. Trotzdem nahm Aryanand nur die Krone, die er wieder sorgfältig in die diamantene Truhe gebettet hatte.

Sieben Tage hatte er für den Aufstieg gebraucht, jetzt aber kostete ihn der gleiche Weg kaum eine Stunde. Was vorher ein schroffer, halsbrecherisch steiler Bergsteig war, ward jetzt, sowie er darauf trat, zu einem sicheren, breiten, blumenbewachsenen Weg. Himmelhochragende Schluchten, die er auf schwindelnden Stegen durchquert hatte, weiteten sich zu grünen, lieblich blühenden Tälern. Steinige Einöden wurden bei seinem Näherkommen zu lichtblütenüberfluteten Auen. Weich federndes Moos und hohe blühende Bäume wuchsen dort, wo es vorher nur Felsboden gab und achteten sorgsam darauf, dass seine Schritte nur über einen frischduftenden, grünen Teppich führten und sein Weg unter blütenbehangenen, schattenspendenden Ästen verlief.

Hatte er auf dem Hinweg reißende Bäche durchqueren müssen, so fand er jetzt an den gleichen Stellen wunderbare, natürlich gewachsene Felsbrücken vor, an denen funkelnde Edelsteine in allen erdenklichen Farben blinkten, und die von glitzernden Gold- und Silberadern in filigranen Mustern durchzogen waren.

Ihm war, als ob sein inneres Licht in unsichtbaren Strahlen vorausfiel, denn überall, wohin er sein Augenmerk lenkte, begannen die Dinge von selbst aufzuleuchten und strahlten ihm lächelnd schon von weitem entgegen. Dort, wo er hinkam, schien die Natur schon auf seine Ankunft gewartet zu haben, um ihm allein all ihre Macht und ihren Zauber zu Füßen zu legen.

Aryanand spürte in seinem Herzen, wie er ihre allumfassende Sprache verstand und musste über die kleinen Geheimnisse lächeln, die sich die Vögel im Flug erzählten oder die Blätter im Wind zuwisperten.

Noch am gleichen Tag erreichte er die Lichtung, an der die Hütte seines Lehrmeisters stand.

Als er aus dem Wald auf die blütenleuchtende Wiese trat, sah er diesen schon von Ferne ihm heiter entgegenwinken. Er stand, als habe er seinen Platz in all diesen Tagen niemals verlassen oder als hätten Aryanands Abenteuer für ihn nicht länger als eine Sekunde gedauert, noch immer unter der alten Linde, wo er sich von ihm verabschiedet hatte.

Überfließend vor Freude rannte Aryanand jubelnd seinem Meister entgegen und legte ihm die Krone des Lebens zu Füßen. Da war ihm, als habe alle Glückseligkeit dieser Welt und des Himmels in seinem Herzen Einzug gehalten.

WERNER BANDEL
geboren 1951 in Wetzlar a. d. Lahn studierte an der Kunsthochschule Kassel Fotografie.

1970 erlernte er Maharishi Mahesh Yogis Transzendentale Meditation (TM), und die eigentliche Entfaltung seines kreativen Potentials begann mit der regelmäßigen Ausübung dieser geistigen Technik.

Der Schwerpunkt seines Interesses verlagerte sich allmählich von der Fotografie zur Malerei. In diesem Bereich und als Illustrator ist er Autodidakt und seither freischaffend tätig.

Ausgedehnte Reisen führten Werner Bandel in viele Länder rund um den Globus, und zahlreiche seiner Arbeiten befinden sich in den privaten Sammlungen internationaler Kunstliebhaber.

Das Manuskript und die ersten Skizzen zu seinem Märchen entstanden in Indien, die Aquarell-Illustrationen während eines zweiten längeren Indienbesuches.

Die Inspiration zu seiner schöpferischen Tätigkeit findet Werner Bandel in der Tiefe seines eigenen Bewusstseins.

Dort liegt auch der Zauberschlüssel zu den Geheimnissen dieses Buches verborgen und wartet darauf, von jedem Leser, neu für sich selbst, entdeckt zu werden.

Kontakt über eMail: werner108@yahoo.com